GUÍA DE LECTURA

Escrita por Baptiste Frankinet

Traducida por Tamara Montes Blanco

A puerta cerrada

de Jean-Paul Sartre

Entiende fácilmente la literatura con

ResumenExpress.com

www.resumenexpress.com

JEAN-PAUL SARTRE

ESCRITOR Y FILÓSOFO FRANCÉS

- **Nacido en 1905 en París (Francia)**
- **Fallecido en 1980 en la misma ciudad**
- **Algunas de sus obras:**
  - *La náusea* (1938), novela
  - *A puerta cerrada* (1944), obra de teatro
  - *El existencialismo es un humanismo* (1946), ensayo filosófico

Jean-Paul Sartre es un escritor y filósofo francés nacido en 1905 en París y fallecido en 1980. Célebre y repudiado al mismo tiempo por sus ideas existencialistas, es autor de varios ensayos como *El ser y la nada* (1943) o *El existencialismo es un humanismo* (1946). También escribió numerosos textos literarios en los que se despliegan con gran fuerza su filosofía y su definición de la literatura: *La náusea*, novela publicada en 1938, *Las moscas*, obra de teatro que ve la luz en 1943 y también *A puerta cerrada*, editada en 1944. En 1964 rechaza el Premio Nobel de Literatura y publica *Las palabras*, una autobiografía sobre su juventud. También conocido por ser compañero sentimental de Simone de Beauvoir (escritora francesa, 1908-1986), Sartre dejó huella no solo por su actividad como escritor sino también por su compromiso político con la extrema izquierda.

A PUERTA CERRADA

«EL INFIERNO SON LOS DEMÁS»: UNA REFLEXIÓN EXISTENCIAL

- **Género:** obra de teatro
- **Edición de referencia:** Sartre, Jean-Paul. 2004. *A puerta cerrada*. Traducido por Aurora Bernárdez. Buenos Aires: Losada
- **Primera edición:** 1944
- **Temáticas:** víctima-verdugo, responsabilidad, libertad, prójimo, sufrimiento

Escrita en 1943 y representada desde 1944, *A puerta cerrada* es una obra de teatro que ilustra las teorías existencialistas. En ella, Sartre pone en escena a tres personajes encerrados en la misma habitación y obligados a convivir eternamente. Rápidamente, se dan cuenta de sus diferencias y después observan en la mirada de los otros la imagen que ofrecen de sí mismos. Esta imagen es insoportable y, a pesar de sus esfuerzos, no consiguen huir de ella. Finalmente, comprendemos que, para Sartre, «el infierno son los Demás» (Sartre 2004, 55), o más bien la forma en la que los demás nos ven.

En esta obra de teatro, Sartre también insiste en los temas de la responsabilidad y de la necesidad de un compromiso político, que son, para él, las consecuencias directas de la libertad de la que el hombre se beneficia.

RESUMEN

La obra cuenta con un solo acto dividido en cinco escenas.

Un camarero de piso lleva a un hombre, Joseph Garcin, un antiguo periodista pacifista, a un salón. A continuación nos enteramos de que está muerto, al igual que otras dos personas que entrarán después que él en la habitación. Serán encerrados ahí para toda la eternidad. Este se tranquiliza al no ver ningún instrumento de tortura ni modo de infligir sufrimiento. Pero, al poco, comienza a observar el salón de un modo diferente y se pregunta sobre ciertos elementos que le llaman la atención: no hay cepillo de dientes, ninguna ventana, una puerta que cierra desde el exterior y una luz artificial permanente.

Cuando se queda solo, el hombre, presa de la desesperación, llama al timbre para llamar al camarero y después golpetea la puerta, sin resultado, hasta que el camarero entra por segunda vez, acompañado de una dama: se trata de Inés Serrano, una antigua empleada de correos. Perdida, esta cree encontrarse frente a su verdugo y llama a una tal Florence. Garcin se pregunta por qué lo ha tomado por un verdugo y ella le confiesa que es a causa del miedo que él siente. Garcin, avergonzado, desvía la conversación y trata de organizar sus vidas en común bajo el signo del respeto, de la educación y, sobre todo, del silencio. Cada uno se instala en su rincón, pero a Inés enseguida empieza a molestarle un tic nervioso de Garcin. Le ordena que pare, pero este, incapaz de contenerse, esconde la cara entre las manos.

Entonces entra una tercera persona, Estelle Rigault, una mujer de la alta sociedad. Le da miedo Garcin y le suplica que no levante la cabeza, pero después se disculpa aludiendo a un malentendido del que se echa a reír. Antes de salir, el camarero de piso anuncia que ya han llegado todas las personas esperadas. La joven busca asiento, pero no puede aceptar ni el canapé verde que le corresponde ni el bordeaux que Inés se ofrece a cederle. Garcin, presionado, le cede el suyo.

A Inés le interesa enseguida Estelle. Cortés, pregunta a sus dos compañeros por la razón de su «ausencia» (utiliza esta expresión para referirse la muerte, ya que no puede soportar esta idea) y la falta que cometieron para encontrarse en el salón. Entonces todos cuentan fragmentos de su vida. Garcin explica que él piensa haber actuado como un héroe: fiel a sus convicciones pacifistas, se opuso a la guerra y fue ejecutado supuestamente porque se negaba a luchar. En cuanto a Estelle, explica que era pobre, que se casó un anciano rico para cubrir las necesidades de su hermano enfermo y que después sucumbió a un atractivo amante. Sin embargo, miente al afirmar a los demás que ella no cometió ninguna falta. Inés les reprocha su mala fe. Si están ahí, es porque tienen una falta por la que pagar.

Ocasionalmente, sus visiones interfieren en las conversaciones. Estas permiten mantener un contacto temporal entre los tres personajes y las personas que les han querido. Además, indican a los otros la verdad sobre cada uno de ellos.

Garcin quiere pegar a Inés para obligarla a callarse. En ese momento, ella comprende que su sufrimiento en el infierno no será físico, sino moral. Cada cual es verdugo de los otros. Para escapar de esta catástrofe, Garcin propone encerrarse en el silencio: entonces los personajes vuelven a sus canapés. Pero Inés se niega a mantener esta actitud ridícula. Según ella, cada uno debe confesar las faltas cometidas para poder comprender quiénes son los unos para los otros.

Inés, lejos de querer quedarse callada, intenta seducir a Estelle. Como esta última quiere maquillarse y en la sala no hay nada en lo que mirarse, Inés le propone servirle de espejo. Estelle, incómoda, rechaza las intenciones de Inés, mientras que Garcin se niega a meterse en sus discusiones. A pesar de todo, Estelle necesita la mirada de Inés para que haga las veces de espejo. Al no soportar esta dependencia, reclama la participación de Garcin en las deliberaciones. Él vuelve a exigir que se olviden los unos de los otros y se calle.

Garcin, exasperado, comienza las confidencias. Reconoce haber humillado a su mujer hasta matarla. En cuanto a Inés, cuenta su historia sin remordimientos: sedujo a Florence, la esposa de su primo. Para deshacerse de este último, lo empujó al tranvía y después vivió seis meses con su amada, hasta que esta última las mató a las dos. Estelle, más reticente, acaba por ceder y confiesa haber matado al niño que tuvo con su amante. Este último, presa de la desesperación, se suicidó. Desde este momento, todos saben que son responsables de la muerte de aquellos a quienes amaron.

Garcin propone aprobar un pacto de piedad mutua. Por lo tanto, cada olvidan lo que han escuchado de los demás, pero Inés, que aún quiere seducir a Estelle, se niega a dejar que

Garcin quede bien. Estelle, por su parte, sigue rechazando a Inés y busca la protección y el afecto de Garcin. Ambos interpretan la comedia del amor, ante la celosa mirada de Inés. Estelle finge creer en el acto heroico de Garcin y, en contrapartida, Garcin simula estar convencido de la inocencia de Estelle.

Esta mentira podría satisfacerlos si Inés no los inundara de comentarios y preguntas. Así, obliga a Garcin a decir la verdad sobre su muerte. Finalmente, el pacifista resulta ser un desertor que murió con cobardía. Por consiguiente, Garcin no puede disfrutar de su relación con Estelle, puesto que ella ya no le deja olvidar el fracaso de su vida. Repugnado, implora al infierno que le deje salir del salón. La puerta se abre, pero él no se marcha. De hecho, su huída no le permitiría escapar de la acusación de cobardía pronunciada por Inés. Por lo tanto, quiere quedarse para convencerla de su heroísmo. Pero Inés se mantiene firme en su parecer y confirma que la vida de un individuo se resume en la suma de sus actos. Tras su muerte, ya no puede cambiarlos: por consiguiente, Garcin será cobarde para siempre.

Estelle vuelve a ofrecerse a Garcin para esquivar a Inés, pero este vuelve a rechazarla. Con rabia, ella amenaza con matar a Inés con el cortapapeles que hay sobre la mesa, pero este gesto resulta absurdo, puesto que ya están muertos. Estelle también reconoce que están condenados a permanecer juntos, sin poder mentir ni mentirse.

Esta tortura moral mutua no tiene fin, puesto que todos son al mismo tiempo víctima y verdugo de los demás. El primero que deseara imponerse sería neutralizado por los otros dos.

En consecuencia, cada uno está obligado a mirar a la verdad
a la cara, sin un espejo que la deforme.

ESTUDIO DE LOS PERSONAJES

GARCIN

Periodista político, Garcin se presenta como un escritor comprometido, fiel a sus convicciones pacifistas. Sin embargo, aunque eligió ser pacifista, se mantuvo fiel a esta elección hasta el final. Dio media vuelta por necesidad, por miedo, y desertó. A través de este acto, se excluyó de los valores que había elegido encarnar.

Sin embargo, no quiere admitir esta verdad y hace gala de una mala fe permanente. No puede soportar la idea de ser un cobarde y, para escapar de esta realidad, se ha construido un mundo hecho de excusas y pretextos. Sin embargo, sus tics gestuales delatan su miedo.

Cuando sus mentiras ya no pueden esconder la realidad, Garcin se muestra nervioso, colérico e incapaz de dominarse. Es agresivo de forma verbal y física: amenaza, ordena, grita. Con esta actitud, pretende suprimir a los hacen que la culpabilidad nazca en su interior, no asumir esta culpabilidad.

Puesto que no es un héroe, Garcin busca una compensación ejerciendo un dominio sobre los demás. Busca hacer sufrir a los otros (especialmente a su mujer), engaña, humilla y se comporta como un torturador.

Su lenguaje desvela su comportamiento y revela su actitud derrotista. Pasa el tiempo diciendo lo que no es: «No soy el verdugo» (Sartre 2004, 14); «No soy muy lindo» (Sartre

2004, 31); «no bailo el tango» (Sartre 2004, 43); «no soy un aristócrata» (Sartre 2004, 44).

INÉS

Es consciente de sus malas acciones. Ya réproba en vida por su homosexualidad, tampoco se sorprende de estar condenada en muerte. Lo asume. No busca ninguna excusa. No adorna su imagen, se conoce y se acepta tal y como es, casi disfrutando de su crueldad. Es objetiva, pero indiferente con su pasado.

Su propia lucidez le permite ver con claridad en la historia de los otros dos personajes. Sin ella, Garcin y Estelle podrían continuar mintiendo y olvidar el infierno.

Sin embargo, ella tiene debilidades que conoce. Se deleita con el sufrimiento de los demás y no puede soportar la soledad. Ama a las mujeres y, a causa de esto, no puede soportar la visión de una pareja heterosexual. Desea a Estelle, pero no tiene modo de poseerla.

Es masoquista y busca que Estelle la ridiculice y la humille. A pesar de que es consciente cómo acabará su relación su relación, continúa probando suerte.

ESTELLE

Es muy superficial y le concede una gran importancia a su aspecto. Rechaza de plano la situación e intenta disimularla con su coquetería y sus expresiones ridículas. Sin carácter, sin voluntad e incluso sin consciencia, no quiere reflexionar, ni medir la responsabilidad de sus actos: «No puedo soportar que esperen algo de mí» (Sartre 2004, 21).

Así, no se siente culpable ni responsable de su vida, y cree haber seguido el camino trazado para ella. Se casó por necesidad. El flechazo justifica su adulterio. El miedo al escándalo explica su infanticidio. Asimismo, no comprende por qué se suicidó su amante, puesto que se había evitado todo el escándalo. A su modo de ver, esta lógica justifica todos sus actos.

Esta mala fe le permite escapar momentáneamente de las consecuencias de sus actos y vivir con tranquilidad, pero esto solo es posible si los demás participan. Por lo tanto, hace todo lo posible para que entren en su juego. Usa la seducción, está dispuesta a someterse, a suscitar el deseo y a desafiar para que Garcin la quiera. Pero Estelle busca un consuelo físico, mientras que Garcin aspira a un consuelo moral. Su unión es imposible. La idea de una relación amorosa con Inés es inconcebible bajo su punto de vista, ya que acabaría con su reputación. La rechaza y, puesto que no es suficiente, llega a querer eliminarla, sin éxito.

Finalmente, puesto que ninguna solución es factible, odia a ambos. Esta animadversión es una reacción inútil. No impide que Estelle tenga que asumir sus actos sin poder refugiarse en la imaginación, como siempre ha hecho.

EL CAMARERO DE PISO

Su función es utilitaria. A través de él, descubrimos cómo es el infierno. Es un personaje simple que se sorprende de las ideas de los clientes sobre el lugar en el que se encuentran. A veces es insolente, pero sobre es irascible y espontáneo, más que voluntariamente malvado. Pone la nota humorística en un universo trágico.

CLAVES DE LECTURA

LA LIBERTAD Y LA RESPONSABILIDAD

Un hombre es un ser capaz de reflexionar. Esta capacidad implica responsabilidades. La primera es usar su libertad: hay que hacer elecciones. Estas elecciones y actos son los que definen qué es el hombre y el sistema de valores con el que se relaciona. Garcin, al tomar el tren para escapar de los conflictos, será siempre el que no quiso defender su compromiso pacifista, el que no se responsabilizó de su elección: huyó de la guerra en vez de defender la paz.

El hombre no conoce de antemano las consecuencias de sus actos, lo que lo convierte en un ser libre, pero angustiado. Sin embargo, como muestra la obra, no se puede escapar de la libertad sin riesgos. Los personajes condenados al infierno lo están por no haberse atrevido a asumir la libertad que conllevaba su situación de ser humano: Garcin renunció a su ideal pacifista y se negó a responsabilizarse de su elección; Inés es muy consciente de sus actos, pero no siente ni arrepentimientos ni remordimientos por haber hecho sufrir a otros; Estelle justifica toda su vida con un destino que considera establecido desde su nacimiento y que no ha hecho más que seguir. Por lo tanto, la libertad está estrechamente unida a la noción de responsabilidad. El hombre que niega esta responsabilidad niega lo esencial de su condición: su conciencia.

Si el hombre que no se responsabiliza de su existencia es condenable, el que toma malas decisiones también lo es.

El hombre vive en el seno de una colectividad y debe tener en cuenta las consecuencias de sus actos sobre los demás. Es el reproche principal que se le hace a Inés, quien vivió disfrutando del mal que causaba a su primo y a Florence. Por lo tanto, la libertad se pone a prueba realmente frente a los demás y con los demás.

Puesto que Garcin, Inés y Estelle nunca han tenido a los demás en cuenta durante sus vidas, su castigo pasa por una lucha eterna entre ellos. De ahí, el lector saca que la libertad solo puede adquirirse a cambio de un eterno enfrentamiento con los demás.

LA EXISTENCIA CON LOS OTROS

Los tres personajes dependen los unos de los otros. En realidad no son libres, puesto que están unidos eternamente. Al final de la obra, cuando Garcin tiene la posibilidad de huir del infierno, se niega a hacerlo, ya que quiere convencer a Inés de que no es un cobarde. La separación ya resulta imposible.

Nada puede eliminar la presencia de los otros ni evitar el conflicto. Pero el objetivo de este enfrentamiento consiste en percibir, más allá del conflicto, una visión objetiva de uno mismo, una visión que ya no descansa únicamente en su propio punto de vista. Así, se puede decir que Sartre se opone al aislamiento, a encerrarse en uno mismo, así como a cualquier forma de conflicto, de guerra permanente.

Pero ¿hay que creer que el infierno son los demás, como dice Garcin (Sartre 2004, 55)? La primera impresión que podemos tener ante esta frase es que es imposible esperar la felicidad humana en comunidad y que los demás no pueden comunicarse correctamente entre sí. En resumen, los hombres estarían condenados a odiarse. Por consiguiente, podemos ver ahí toda la absurdidad de la existencia humana, en la que todos los hombres, desde su nacimiento, están condenados a vivir contra su voluntad con sus semejantes. Por otra parte, todo el mundo puede convertirse en verdugo o en víctima de los demás: de hecho, cada uno de los personajes va asumiendo estos papeles por turnos. Garcin hace sufrir a Estelle, pero es víctima de Inés; Inés es maltratada por Estelle y atormenta a Garcin; Estelle es el verdugo de Inés, pero la víctima de Garcin.

Sin embargo, al leer la obra acabamos por comprender que la convivencia resulta ser infernal tan solo cuando las relaciones están basadas en la mentira y la hipocresía. Estas relaciones resultan complejas: por un lado, Estelle y Garcin podrían continuar su existencia sin preocupación si no tuvieran que enfrentarse a los sarcasmos de Inés; por otro lado, si Estelle y Garcin aceptaran la realidad tal como es, no hubieran tenido que sufrir la excesiva clarividencia de Inés.

LA EXISTENCIA FRENTE A LOS OTROS

Dada la ausencia de espejos, es imposible contar con su capacidad de análisis personal. Hay que contar con lo que los otros piensan y con la idea que se hacen de nosotros para poder juzgar el éxito de nuestras elecciones.

Este recurso al otro siempre crea un conflicto. Nos pone en una situación incómoda (*cf.* Estelle e Inés) porque quedamos reducidos a la condición de objeto a ojos de los demás.

La imagen que el otro tiene de mí y que hace que yo exista no es necesariamente la misma que yo tengo de mí mismo. Pero ni él ni yo logramos verme por completo. Cada uno posee tan solo una verdad parcial.

ESTILO Y LENGUAJE

En apariencia, *A puerta cerrada* no presenta una escritura pura. La obra cuenta con muchas expresiones familiares y a veces vulgares. Pero Sartre controla su uso y no emplea únicamente un lenguaje familiar.

De hecho, Sartre utiliza una gama de registros muy variada: cómico, irónico, lírico y trágico. Además, extiende su texto a otros dominios de expresión más allá de la palabra: el canto, la danza y el gesto. Por lo tanto, la escritura es rica, elaborada y eficaz.

Sartre utiliza este lenguaje ordinario y variado para subrayar la espontaneidad de los personajes. Esto permite reforzar la verosimilitud de una escena que sucede en un contexto paranormal.

Cada protagonista se expresa de un modo diferente. Por lo tanto, el lenguaje actúa como doble señal: de las condiciones sociales y de la mala fe. Garcin utiliza palabras abstractas. Inés, más sencilla, tutea y habla con franqueza, sin metáforas, con un vocabulario limitado y repetitivo. En cuanto a Estelle, conserva las fórmulas de cortesía de la burguesía a las que está acostumbrada y habla de usted de forma sistemática.

Cuanto más se despojan de sus mentiras los personajes, menos fórmulas de cortesía y referencias culturales contiene su lenguaje, que se vuelve nítido, crudo y a veces virulento.

PISTAS PARA LA REFLEXIÓN

ALGUNAS PREGUNTAS PARA PROFUNDIZAR EN SU REFLEXIÓN...

- ¿En qué se diferencia Inés de los otros dos condenados?
- Garcin propone tres métodos para evitar que cada uno sea el verdugo de los demás. ¿Cuáles son y por qué no se pueden realizar?
- ¿Qué problema relacional existe entre los tres personajes?
- ¿Qué sugiere la ausencia de espejos?
- ¿El lenguaje es importante en la obra? Desarrolle su reflexión con ayuda de ejemplos extraídos del texto.
- Explique por qué Garcin no puede huir al final de la obra aunque tenga la posibilidad de hacerlo.
- Comente esta cita sartriana: «El infierno son los Demás» (Sartre 2004, 55).
- Relacione esta obra con el existencialismo.
- ¿Se puede considerar *A puerta cerrada* como una tragedia?
- ¿Cuál es el auténtico significado del título?

PARA IR MÁS ALLÁ

EDICIÓN DE REFERENCIA

- Sartre, Jean-Paul. 2004. *A puerta cerrada*. Traducido por Aurora Bernárdez. Buenos Aires: Losada.

ESTUDIO DE REFERENCIA

- Hutier, Jean-Benoît. 1997. Huis clos *de Jean-Paul Sartre*. París: Hatier, colección *Profil d'une œuvre*.

EN RESUMENEXPRESS.COM

- Guía de lectura de *La náusea* de Jean-Paul Sartre.
- Guía de lectura de *El existencialismo es un humanismo* de Jean-Paul Sartre.
- Guía de lectura de *Las manos sucias* de Jean-Paul Sartre.
- Guía de lectura de *Las palabras* de Jean-Paul Sartre.
- Guía de lectura de *Las moscas* de Jean-Paul Sartre.
- Guía de lectura de *¿Qué es la literatura?* de Jean-Paul Sartre.

www.resumenexpress.com

ISBN ebook: 9782806287113

ISBN papel: 9782806287120

Depósito legal: D/2016/12603/624

Cubierta: © Primento

Libro realizado por <u>Primento</u>*, el socio digital de los editores*